Who Wants to be a Prairie Dog?

Háisha' T'áá K'ad Dlǫ́ǫ́' Silį́į́'?

A Navajo Fairy Tale

by Ann Nolan Clark
Illustrated by Van Tsihnahjinnie

Translated by Robert W. Young and John P. Harrington

Salina Bookshelf, Inc.
Flagstaff, Arizona 86001 USA

Library of Congress Catalog Card Number: 94-0696769
ISBN 0-9644189-0-8

First Printing December, 1994
Second Printing October, 2000

Front cover illustration by Verna Clinton

For little Navajos
Who have not learned to hurry.

This little boy is
Mr. Many-Goats' son.
If you do not believe his story
It is because
You are not short,
Nor fat,
Nor slow,
And never, never have you
been down in a prairie dog hole.

Díí naaltsoos Naabeehó yázhí tsį́į́ł
'Ídlį́ t'ah doo yídahoł'aahígí bá.

D'íí 'ashkii Hastiin Tłízí-Łání
Bighe'
Bahani' doo deinohdlánígíí doo
'Ádanołts'íísí da, dóó doo
Danohtsaaz da, dóó tsį́į́ł
Danohłį, 'áádóó dlǫ́ǫ́'
Ba'áán góne' t'ah doo
'Adaahkáah da.

3

My-Little Boy
Opened his eyes from sleep.
The sun had not come
To the light the land.
It was still a little dark.
The sun had not come
To warm the land.
It was still a little cold.
It was just before dawn.

She'ashkii-Yázhí ts'ínádzid
Jóhonaa' éí t'ah doo
Nihi'diiłdlaad da.
T'ah t'įįhdígo ni' haalzhin.
Jóhonaa' éí t'ah doo ni' bikáá'
Honiiłdóoh da.
T'įįhdígo t'ah deesk'aaz.
'Áko t'ah doo ha'a'aah da.

My-Little-Boy was a Navajo boy.
He was one of The People.
He lived in his mother's hogan
In a red rock canyon
Of Navajo Land.
He lived in his mother's hogan
With his mother and father.
His mother's brother lived there too.
His father's mother lived near by.

She'ashkii-Yázhí Naabehó nilį́.
T'áá Diné nilį́.
Diné bikéyah bikáa'gi tsé
Daalchí'ígíí bitsékooh góyaa
Bimá bighan góne' kééhat'į́.
Bimá dóó bizhé'é
Yił bighan.
Bidá'í dó ' yił bighan.
Binálí 'asdzáán dó' t'áá 'áhánígi
Kééhat'į́.

My-Little-Boy had many names.
The trader called him Johnny.
His father called him Short-One.
His uncle called him Slow-One.
His grandfather called him
Fat-One.
His mother called him
My-Little-Boy.

She'ashkii-Yázhí bízhi' t'óó
'ahayóí.
Naalghéhé yá sidáhí Jáanii níigo
Bózhíi łeh.
Bizhé'é 'Ashkii Yázhí níigo
Bózhíi łeh.
Bidá'í t'éiyá Hazhóó'ógo Naagháhí
Níigo bózhíi łeh.
Binálí hastiin t'éiyá Neesk'ahí
Níigo bózhíi łeh.
Bimá t'éiyá She'ashkii-Yázhí
Níigo bózhíi łeh.

This morning when My-Little-Boy
Opened his eyes from sleep,
He looked all around.
He saw his mother.
She was taking the ashes
From her tin-can stove.
She was carrying them away.
She was scattering them.
They would be lost in the wind
By dawn.
They were yesterday's fire.

'Ahbínídą́ą́'
She'ashkii-Yázhí
Ch'énádzidgo
Binaagóó naazghal
Bimá yiyiiłtsą́.
Béésh bii' ko'í bighi'dóó
Łeeshch'iih ch'íyiikaahgo.
Ni'góó nihiyiiłkaad.
Yiską́ągo 'ádin dooleeł.
'Adą́ą́dą́ą́' ko' yę́ę́ 'át'é.

8

My-Little-Boy looked some more.
He saw his father get up
From his sheepskin.
He saw his uncle roll out
Of his blanket.
The sun came over the mountain
And smiled at My-Little-Boy.

She' ashkii-Yázhí nináánásgal.
Bizhé'é bináál biyaateeł
Bikáá'dóó ńdii'na'.
Bidá'í bináál bibeeldléí
Yiyaadéé haa'na'.
Dzíł bikáá' ha'az'áago
She'ashkii-Yázhí bik'i'diidlááD.

9

My-Little-Boy saw his grand-
mother.
She was at the woodpile.
She was chopping wood.
She was chopping it into small
Sticks to make a fire.
To cook the breakfast.

She'ashkii-Yázhí binálí 'asdzáán
Yiyiiłtsą́ chizhtahgi.
Chizh 'ahiidiłkaał.
'Ałts'íísígo 'ahiidiłkaał,
Kǫ' dooleeł biniighé.
'Áko ch'iyáán dadoobish.

11

My-Little-Boy slid down
In his sheepskin,
Way down.
He pulled his blanket up to
His nose, away up.
He shut his eyes.
He went to sleep again.
He went to sleep.

She'ashkii-Yázhí bibeeldléí
Yiyaa góne' 'ee'na',
Ghózhǫ́ ghóyahgo.
Bíchį́į́hjį' yik'é'ésti',
Ghózhǫ́ ghóyahgo.
Niilch'iil.
Ná'iilghaazh.
'Iiłhaazh.

My-Little-Boy's father called to
him,
"Get up," he said.
His uncle called to him,
"Get up. Get up." he said.
His grandmother called to him,
"Get up. Get up. Get up."
But My-Little-Boy kept sleeping.
He kept on sleeping.
Sleeping.

She'ashkii-Yázhí bizhé'é bíízhi',
"Ńdiidááh," biłní.
Bidá'í bíízhi',
"Ńdiidááh, ńdiidááh," biłní.
Binálí 'asdzáán bíízhi',
"Ńdiidááh, ńdiidááh,
Ńdiidááh," biłní.
Ndi She'ashkii-Yázhí t'áá
Há'ooshhaazh.
T'óó 'ałhosh.
'Ałhosh.

13

His mother said,
"This is the day for
Dipping the sheep."
My-Little-Boy turned over.
He opened his eyes.
He crawled from his blanket.
My-Little-Boy got up,
But he did not hurry.

Bimá 'ání,
"Díí jį́ dibé táádaagis."
She'ashkii-Yázhí náhidééjizh.
Deezghal.
Bibeeldléí yighi' déę́' haa'na'.
She'ashkii-yázhí ńdii'na',
Ndi doo tsį́į́ł nlį́į da.

He did not hurry.
He put on his moccasins.
He put on his silver belt.
He put on his scarf.
He put on his big hat.
He washed his hands,
But he did not hurry.

Doo tsį́į́ł nlį́į́ da.
Bikélchíh yiih náát'eez.
Bibéésh łigaii sis 'ádinéíst'i'.
'Ázéé'ást'i'.
Bich'ah 'ak'iidoot'ą́.
Dóó bíla' tánéízgiz,
Ndi doo tsį́į́ł nilį́į́ da.

He sat on the floor by his mother.
He ate some corn.
He ate some meat.
He ate some bread.
He took a long time.
He did not like to hurry.
He had not learned to hurry.

Ni' góó bimá yíighahgi neezdá.
Naadą́ą́' ła' yiyííyą́ą́'.
'Atsį' ła' yiyííyą́ą́'
Bááh ła' yiyííyą́ą́'.
Ndi doo hah da.
Doo tsį́į́ł nilį́į́ da.
T'ah doo tsį́į́ł 'ídlį́ yihooł'aah da.

His father said to him,
"I am going in the wagon
To the sheep dip.
You are so short,
You cannot take long steps.
It is too far for you to walk.
It would take you too long.
Ride with me in my wagon
To the sheep dip."
My-Little-Boy said,
"Yes."

Bizhé'é 'ábíłíní,
"Dibé táádaagisgóó
Tsinaabąąs bee déyá.
Ni t'áá 'íighisíí 'áníłts'íísí,
Dóó doo nízaad ndadíltaał da.
T'áá 'íighisíí 'ayóó 'ánízáád.
Shá bíighah dooleeł.
'Áko t'óó tsinaabąąs bee
Shił díí'ash."
She'ashkii-Yázhí
"Hágoshįį," ní.

His uncle said to him,
"You are fat.
You sit too often by your mother,
By the cooking fire
And the stew-pot.
You are slow, too.
You have not learned to hurry.
It would take a long time
For a slow, fat, short boy
To walk to the sheep dip."

Bidá'í 'ábíłní,
"Ni 'ayóó 'áníníldííl.
T'áá 'áłahjį' nimá bíighahdóó
Sínídáh, ko' dóó 'ásaa'
Bee' abézhí bíighahgi
Sínídáa łeh.
'Éí biniinaa doo hah nanináa da.
Dóó tsį́į́ł 'idlį́ t'ah doo
Bíhooł'aah da.
'Ashkii doo hah naagháii, dóó 'ayóó
'Áníldíílii, dóó 'áłts'íísíi doo
Hah dibé táádaagisgi
Doogáał da.

Ride with me on my horse
To that place
Where they are dipping
The sheep."
My-Little-Boy said,
"Yes."
His mother said,
"Come, My-Little-Boy,
Help your grandmother and me
Drive the sheep and the goats
And the kids and the lambs
to the sheep dip."

Shilį́į́' bee shił díí'ash
Dibé táádaagisjį'."
She'ashkii-Yázhí "Hágoshį́į́," ní.
Bimá 'ání,
"Hágo, She'ashkii-Yázhí,
Ninálí 'asdzáán dóó shí dó'
Bíká 'anilgheed dibé dóó tł'ízí
Dóó tł'ízí yazhí dóó dibé
Yazhí dibé táádaagisjį'
Nihił díníłkaad."

My-Little-Boy said nothing.

She'ashkii-Yázhí t'áadoo haadzíí' da.

He went to the corral,
But not too fast.
He took down the bars.
He opened the gate.
The sheep ran out.
The goats and the lambs
And the kids ran out.
My-Little-Boy went first
Along the trail to the sheep dip.

Dibé bighangóó 'ííyá,
Ndi hazhóó'ógo 'ííyá.
Dáádíljah nayíínil.
Dibé ch'ínijéé'.
Tł'ízí dóó dibé yázhí
Dóó tł'ízí yázhí ch'ínijéé'.
She'ashkii-Yázhí 'ałtsé dibé
Táádaagis bich'į'
'Atiingóó 'ííyá.

His grandmother was big,
And his mother was tall.
They took long steps.
They took high steps.
They shook can rattles,
They cried, "Su! Su!"

Binálí 'asdzáán 'ayóó 'áníldííl,
Dóó bimá 'ayóó 'áníłnééz.
Nízaadgóó ndadiltaał.
Ghódahgo hadahidiltaał.
Yadiizíní deigháád.
"Shuu! Shuu!" daaní.

And the goats and the kids,
The lambs and the sheep
Ran before them.

'Áko tł'ízí dóó tł'ízí yázhí
Dóó dibé dóó dibé yázhí
Biláájį' yijah.

My-Little-Boy was not very big,
He was little and short
And fat and slow.
He had never learned to hurry.
The sheep caught up with him.
The lambs ran along with him.
The kids ran by him.
The goats left him far behind.

She'ashkii-Yázhí doo nineez da.
T'óó 'ałts'íísí dóó neesk'ah dóó
'Ayóó 'áníldííl, dóó doo
Hah naagháa da.
Tsį́į́ł 'ídlį́ t'ah doo yihooł'aah da.
Dibé bíńjéé'.
Dibé yázhí bíighahgi yijah.
Tł'ízí yázhí bíighah dah diijéé'.
Tł'ízí baa diijéé'.

27

A cedar tree pulled his hat off.
It hung there just above him.
He had to stop and get it.
He could not go without it.
He walked along.
A dust wind
Blew his scarf away.
He was too slow to catch it.
A sage bush helped him catch it.
He could not go without it.
He walked along.

Gad bich'ah baa yidii'ą́.
Bikáa'gi tahidé'ą́.
Niiltłago 'inda ńná'iidii'ą́.
Doo t'áá gééd dóya' 'át'ée da.
T'óó yigááł.
Bizéédéełdoii baa diiyol.
Doo dijáad dago biniinaa t'áadoo
Yił deezdéel da.
Ts'ah bił deezdéél.
Doo t'áá gééd dóya' 'át'ée da.
T'óó yigááł.

His moccasins were filled with sand.
His silver belt felt much too tight.
His pants were little and too long.

Bikélchíh łeezh bii' hadéébįįd.
Bibéésh łigaii sis binéétih.
Bitł'aaji'éé' bineestih dóó
'Ayóó 'áníłnééz.

The way was far.
The sand was deep.
The sun was hot.
My-Little-Boy walked slow,
And slower
And slower
And slower.
It was a long way to the sheep dip.

'Ayóó 'ánízáád.
Dóó séítah.
Dóó honeezgai
She'ashkii-Yázhí hazhóó'ógo
yigááł.
Hazhóó'ógo
Dóó tąądee
Dóó t'óó t'áábáa'da yigááł.
Dibé táádaagishjį' 'ayóó 'ánízáád.

By and by he saw a
Hole in the trail.
He was too fat to step over.
He was too short to step around.
He was too slow to step back,
So he stepped in the hole.
There was nothing else to do.

'Áádóó t'áá 'atiingóó
'A'áán léi' yiyiiłtsą́.
'Ayóó 'áníldíilgo biniinaa ch'ééh
Yáátis ndeeltaał.
'Áłts'íísígo biniinaa ch'ééh
Yináádááh.
Doo hah naha'náa da biniinaa
Ch'ééh t'ą́ą́ dah ńdiidááh,
'Ako 'a'áán góyaa 'adooltáál.
T'áadoo 'óone'í da.

He stepped in the hole
And he went in,
In,
In
And down,
Down,
Down
Until he hit the bottom.

'Áádóó 'a'áán góyaa
'Adooltááł,
Dóó 'a'áán góyaa 'íítłizh.
T'áá yaa yitłishgo
Ná'ahóną́ą́d.
'Áko 'índa bitł'áahdi
Nihińłizh.

My-Little-Boy opened his eyes.	She'ashkii-Yázhí deezghal.
He looked up.	Deigo déé'íí'.
There was nothing but a hole.	T'óó 'ahoodzáá lá.
My-Little-Boy shut his eyes	She'ashkii-Yázhí niilch'iil
And opened them again.	Dóó náádeesgal.
He looked down.	Yaago déé'íí'.
There was nothing but a sand floor.	Ni'góó łeezh t'éiyá lá.

He looked around.
He looked about.
He saw a house
Like a little hogan.

Binaagóó naazghal.
Hooghan léi' yiyiiłtsą.

At one side of the little hogan,
Sitting on the sheep tail,
Weaving a blanket
On a spider-web loom,
Was a prairie dog lady
In a velvet blouse
And a calico skirt.
My-Little-Boy was surprised.
He had not known
That they dressed that way
Down in the prairie dog hole.

Hooghan bíighahgi
Dlǫ́ǫ́' 'asdzáán léi'
Dibé bitsee' yikáá' sidá.
Na'ashjé'ii bitł'óól yee 'atł'ó.
Dóó bi'éé' deji' disho,
Dóó naak'a'at'ąhí bitł' aakał
Yee hadít'é.
She'ashkii-Yázhí t'óó deesghiz.
Doo bił bééhózin da lá dlǫ́ǫ́'
'Ákót'éego háádadiit'įį
Dlǫ́ǫ́' bi'áán góyaa.

Prairie-Dog-Lady said,
"Hello. Hello."
My-Little-Boy said,
"How do you do."

Dlǫ́ǫ́'-'asdzáán 'ájíníí lá,
"Yá'át'éhéi. Yá'át'éhéi."
She'ashkii-Yázhí 'áníí la,
"Yá'át'éhéi. Yá'át'éhéi."

Prairie-Dog-Lady said
"Outside is dry this year."
My-Little-Boy said,
"Very dry."

Dlóó'-'asdzáán 'ájíní,
"Tł'óo'di k'ad 'ayóígo hazgan."
She'ashkii-Yázhí 'ání,
"T'áá 'íighisíí hazgan."

Prairie-Dog-Lady said,
"We need rain this year."
My-Little-Boy said,
"Very much rain."

Dlǫǫ́'-'asdzáán 'ájíní,
"Díí ghaaí nahałtin daniidzin."
She'ashkii-Yázhí 'ání,
"T'áá 'íighisíí daniidzin."

Then they talked of other things.   'Áádóó t'óó t'áadoo le'é yaa yáłti'.

Prairie-Dog-Lady
Showed My-Little-Boy
Her towcards
Made from a prickly pear,
Her spindle
Made from a sunflower center
And a milkweed stalk.
She showed him her weaving.
She showed him
Her gourd grinding stones,
And her seed pod dishes.
They were very nice.

Dlǫǫ́'-'asdzáán
Bibeeha'niłchaadí hosh nteelí
Bee 'ályaago,
Bibee'adizí ndíghílii
Bílátahí, dóó
Ch'il 'abe'í bitsiin bee 'ályaago
She'ashkii-Yázhí bá yinééł'į́į́.
'Áádóó bidahiistł'ǫ́ ba yinééł'į́į́.
'Áádóó bitsédaashjéé' 'adee' bee
'Ályaago, dóó be'ésaa' ch'il
Bik'ǫǫ́' bits'a' bee 'ályaago.
Danizhóní lá.

But Prairie-Dog-Lady
Had troubles, too.
She told them to the little boy.
She said that
Mr. Owl and Mr. Rattlesnake
Had come to live in her house.
They did not talk to her.
They never gave her presents.
They took up lots of room.
They made much work,
But they were in her house
And there they stayed in her house.
What could she do about it?

Ndi Dlǫ́ǫ́'-'asdzáán 'ałdó' bich'į'
Nahwii'náá lá.
'Ashkii yázhí yił hoolni'.
"Hastiin Né'éshjaa' dóó
Hastiin Tł'iish 'Áníníɡíí
Shił yah 'ííná.
Dóó doo shich'į' yáłti' da.
T'áadoo shaa yiníláhí da.
Dóó biniinaa ghóne' doo
Haghz'ą́ą da.
Dóó biniinaa naanish t'óó 'ahayói,
Ndi shighan góne' naháaztą́,
'Áko haashą' deeshnííł!" jiní.

My-Little-Boy thought and
thought.
Owls and rattlesnakes always
Live with prairie dogs.
That is their way.
There is nothing to do about it!

She'ashkii-Yázhí yaa ńtsídiikééz.
Né'éshjaa' dóó tł'iish 'ádaanínígíí
T'áá 'áko dlǫ́ǫ' yił dabighan łeh.
T'áá 'ákót'éego bá haaz'ą́.
T'áadoo 'óolne'gi da.

By and by,
Grandfather-Prairie-Dog
Came home.
He was a nice old man.
He liked to talk.
He talked.

Hodíina'go
'Achei dlǫ́ǫ́' nádzá.
Hastiin sání 'áyóigo bá hózhónígíí
Nilį́į́ lá.
Yáłti'go t'éiyá bił yá'át'ééh lá.
Yáłti'.

He said to My-Little-Boy,
"The People, The Navajo,
Say that once in the days
Of old there was a lazy man.
He was so lazy he changed
Into a prairie dog
So that he would not have
To work so much.
That may be true.
It could be, I think."

She'ashkii-Yázhí yiłní,
"Diné 'ádaaníigo 'ałk'idą́ą́'
Hastiin léi'
T'óó báhádzidgo
Bił hóyée'go
Dlǫ́ǫ́' násdlį́į́'.
'Áko doo hózhǫ́ naalnish da
Dooleeł biniighé.
T'áá' 'aaníí sha' shin nisin.
T'áá 'áhodooníiłgo haz'á nisin."

Grandfather-Prairie-Dog looked sad.
My-Little-Boy looked sad, too,
And worried, also.

'Achei dlǫ́ǫ́' doo bił hózhǫ́ǫ da
Nahalin.
She'ashkii-Yázhí 'ałdó' doo bił
Hózhǫ́ǫ da, dóó t'óó
yąąh bíni'.

All at once he thought
He had better go away,
Crawl out of that hole
And hurry,
Hurry,
Hurry
To the sheep dip.

T'áadoo hooyání nááshdááł,
'Áádóó 'a'áándę́ę́' hadeesh'nah,
'Áádóó tsį́į́łgo,
Tsį́į́łgo,
Tsį́į́łgo
Dibé táádaagisgóó deeshghoł
Jiniizį́į́'.

He did as he thought he should do.
He crawled out fast.
He took quick steps.
He began to run.

"T'áá 'ádeeshnííł," niizį́'ę́ę́góó
'Ádzaa.
'A'áándę́ę́' tsį́įłgo hajoo'na'.
Dóó tsį́įłgo nihizhníyá.
'Áadóó dashdiilghod.

By and by,
He reached the sheep dip.
The People were there.
Their wagons
And horses
And goats and sheep
And lambs and kids
Were there.
Everyone was busy.

Hodíina'go
Dibé táádaagisgi yílghod.
'Áadi diné t'óó 'ahayóí lá.
Bitsinaabąąs
Dóó łíí'
Dóó tł'ízí dóó dibé
Dóó dibé yázhí dóó tł'ízí yázhí
T'áá 'ałtso 'ákwii.
T'áá 'ájíłtso ndajilnish lá.

Some of the men were
Dipping sheep.
Father and uncle were
Dipping sheep.
Some of the women were
Dipping sheep.
Grandmother was dipping sheep.
Other women were cooking.
Mother was cooking.

Diné ła' dibé táádeigis.
Bizhé'é dóó bidá'í 'ałdó'
Dibé tánéígis.
'Asdzání dó' ła' dibé táádeigis.
Binálí 'asdzáán dó' dibé tánéígis.
'Asdzání ła' ch'iiyáán 'adeile'.
Bimá 'ałdó' ch'iiyáán 'íílééh.

But My-Little-Boy did not stop
By his mother
And the cooking fire
And the stew-pot.
He did not stop.

Nidi She'ashkii-Yázhí t'áadoo
Niiltłah da.
Bimá
Dóó kǫ'
Dóó 'ásaa' bee' abézhí
T'áadoo yíighahgi niiltłah da.

He ran to the dipping trough.
He got a long forked stick.
He put his feet wide apart,
And with his forked stick,
His long, forked stick,
He held his old goat's head up
Out of the water
While it swam along
Getting dipped.
My-Little-Boy cried out.
He cried out to that old goat
In a big, deep voice,
"Ho! Old Goat,
Get a move on. Hurry!"

Dibé táádaagisídi yílghod.
Tsin hałgiizhgo 'ayóí da 'áníłnééz
Léi' néidiitą́.
Dóó 'ałts'ą́ą́' ndeeltáál.
'Áádóó bitsin hałgiizhígíí bee
Tł'ízí sání léi'
Bitsiits'iin yáde 'áyósingo
Tsí'naa na'níłkǫ́ǫ́.
She'ashkii-Yázhí hadoolghaazh.
Tł'ízí sání yich'į' hadoolghaazh,
Bizhítsohgo
"Héi! Tł'ízí Sání,
Tsį́į́łgo. Hani'nééh," yiłní.

Then he helped a sheep
Through the dipping trough,
And helped a lamb
And a kid
And another goat
And another kid
To swim along to the other end.
He told them all to hurry.

'Áádóó dibé léi' yíká 'eelghod,
Dibé bii' táádaagisígíí tsí' naa.
'Áádóó dibé yázhí léi' yíká 'eelghod,
Dóó tł'ízí yázhí léi',
Dóó náánáła' tł'ízí,
Dóó náánáła' tł'ízí yázhí léi'
Dibé bii' táádaagisígíí tsí' naa
Da'íłkǫǫhgo yíká 'eelghod.
T'áá 'ałtso tsį́į́lgo yiłní.

Uncle was suprised.
Father was pleased.
Grandmother laughed and laughed.
All The People watched
My-Little-Boy working.
Father called him Move-Along.
Grandmother called him Quick-One.
But uncle had the best name.
He called the little boy Big-Dipper.

Bidá'í t'óó deesghiz.
Bizhé'é baa bił hózhǫ́.
Bináli 'asdzáán baa 'anádloh.
'Áádóó Diné t'áá 'ałtso yináál
She'ashkii-Yázhí
Naalnish.
Bizhé'é Náás-Hoo'náłí biłníigo
Bózhí.
Binálí 'asdzáán Tsį́į́łgo-Naha'nání
Biłníigo bózhí.
Ndi bidá'í t'éiyá nizhónígo
Bízhi' bá 'áyiilaa.
Dibé-Tánéígisítsoh biłníigo bózhí.

Over by the cooking fire,
Over by the stew-pot,
Mother called,
"Come here," she said,
"Come sit beside me
And eat some bread
And eat some meat.
My-Little-Boy, come here."

Koʼ biláahdi
ʼÁsaaʼ beeʼabézhí biláahdi
Bimá biká ʼadííniid,
"Hágo,
Shíighahdóó ńdaahgo
ʼAtsįʼ dóó bááh łaʼ niyą́.
Sheʼashkii-Yázhí, hágo,"
Ní bimá.

My-Little-Boy ran
As fast as he could.
He ran to his mother.
His mother smiled at him.
She said,
"My-Little-Boy,
You have learned to hurry."
My-Little-Boy said,
"I don't want to be a prairie dog!"

She'ashkii-Yázhí bimá ts'ídá t'áá
'Agholí bee yich'į' ńdiilghod.
Bimá bich'į' ch'ídeeldlo', dóó 'ání,
"She'ashkii-Yázhí,
K'ad 'índa tsį́į́lgo
'É'él'į́ bíhwiinil'ą́ą́' lá."
She'ashkii-Yázhí 'ání,
Doo t'áá k'ad dlǫ́ǫ́ sélį́į' da."

Then they went home.   'Áádóó hooghangóó 'anáákai.